EL CAPITÁN CALZONCILLOS
Y LA INVASIÓN DE LAS HORRIBLES
SEÑORAS DEL ESPACIO SIDERAL
(Y EL SUBSIGUIENTE ASALTO DE LOS
IGUAL DE HORRIBLES ZOMBIS
MALVADOS DEL COMEDOR)

EL CAPITÁN CALZONCILLOS

Y LA INVASIÓN DE LAS HORRIBLES SEÑORAS DEL ESPACIO SIDERAL (Y EL SUBSIGUIENTE ASALTO DE LOS IGUAL DE HORRIBLES ZOMBIS MALVADOS DEL COMEDOR)

La tercera novela épica de

DAV PILKEY

SCHOLASTIC INC.

New York Toronto London Auckland
Sydney Mexico City New Delhi Hong Kong

Originally published in English as *Captain Underpants and the Invasion of the Incredibly Naughty Cafeteria Ladies from Outer Space*.

This book was originally published in English in hardcover by the Blue Sky Press in 1999.

ISBN 978-0-439-35301-4

16 15 14 13 12 11 10 9   10 11 12 13 14 15/0

Printed in the U.S.A.   40
First Scholastic Spanish printing, April 2002

A JOHN JOHNSON, "EL CHISPAS"

CAPÍTULOS

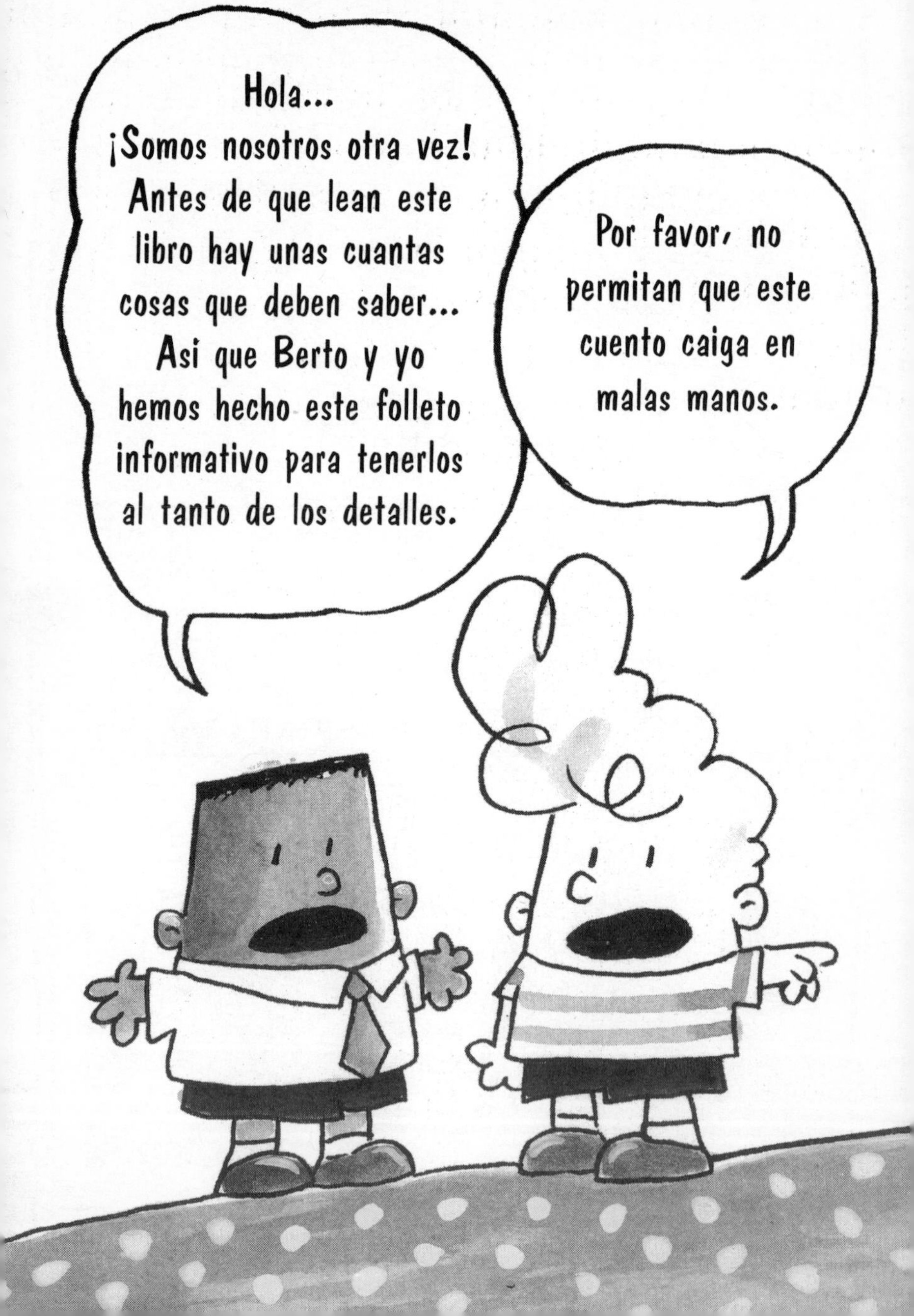
Hola... ¡Somos nosotros otra vez! Antes de que lean este libro hay unas cuantas cosas que deben saber... Asi que Berto y yo hemos hecho este folleto informativo para tenerlos al tanto de los detalles.
Por favor, no permitan que este cuento caiga en malas manos.

Jorge Betanzos y Berto Henares presentan:
Una produción
"Lo Negamos Todo"

CAPITÁN
LAS GUERRAS
SUPERELÁSTICAS
CALZONCILLOS

EPisodio 1
el Direktor
Fantasma

Hace la mar de tiempo,
en una Escuela, Lejos,
muy Lejos...

Había dos chicos estupendos que se llamaban Jorge y Berto.

Somos los mejores

Yo tambien

Tenían un Direktor malbado que se llamaba señor Carrasquilla y que era un experto en eso de OBLIGAR A LA FUERZA

Bla Bla

Los OBLIGABA A estudiar

Bla Bla Bla

Los OBLIGABA A Limpiar

Bla Bla Bla

Los OBLIGABA A portarse ¡BIEN!

¡JA JA JA!

Así que Jorge y Berto lo Hinotizaron.

Tienes que oBedecer todas nuestras órdenes

¡CHASC!

Muy bien.

Ahora Eres el CapitÁn Calzoncillos

Muy bien.

JA JA JA

Todo Empezó en plan de Broma ¡pero la diversión no duró mucho!

JA JA JA

¡TATATA-CHÁÁÁNN!

¡Eh!

¡No te VAYAS!

El señor Carrasquilla creyó que ERA de verdad el mayor Superéroe del mundo y se metió en un Montón de Líos.

Jorge y Berto tuvieron que salvarlo (a él y al planeta entero)...

...¡Dos veces!

Ahora la única forma De volver a Convertir al Capitán CalzonCillos en el señor Carrasquilla es echarle agua por la cabeza...

Pero lo peor de todo es que Jorge y Berto no Pueden Quitarle ojo al señor Carrasquilla.

Bla Bla Bla

Porque, Por Alguna ESTRAÑA razón, cada vez que oye a algien chasquear los dedos...

¡CHASC!

...¡se convierte OTRA vez en... ya saben quien!

¡TATA TA- CHÁÁÁN!

Así que, pase lo que Pase, POR FAVOR NO CHASQUEEN los dedos cerca del señor Carrasquilla.

¡Ya han oído al socio! POR FAVOR ¡POr FAVOR, ¡No CHASQUEEN Los Dedos!

Esta ha sido UNA Adbertencia de Interés Público de Jorge y Berto... (que piensan seguir negándolo todo)

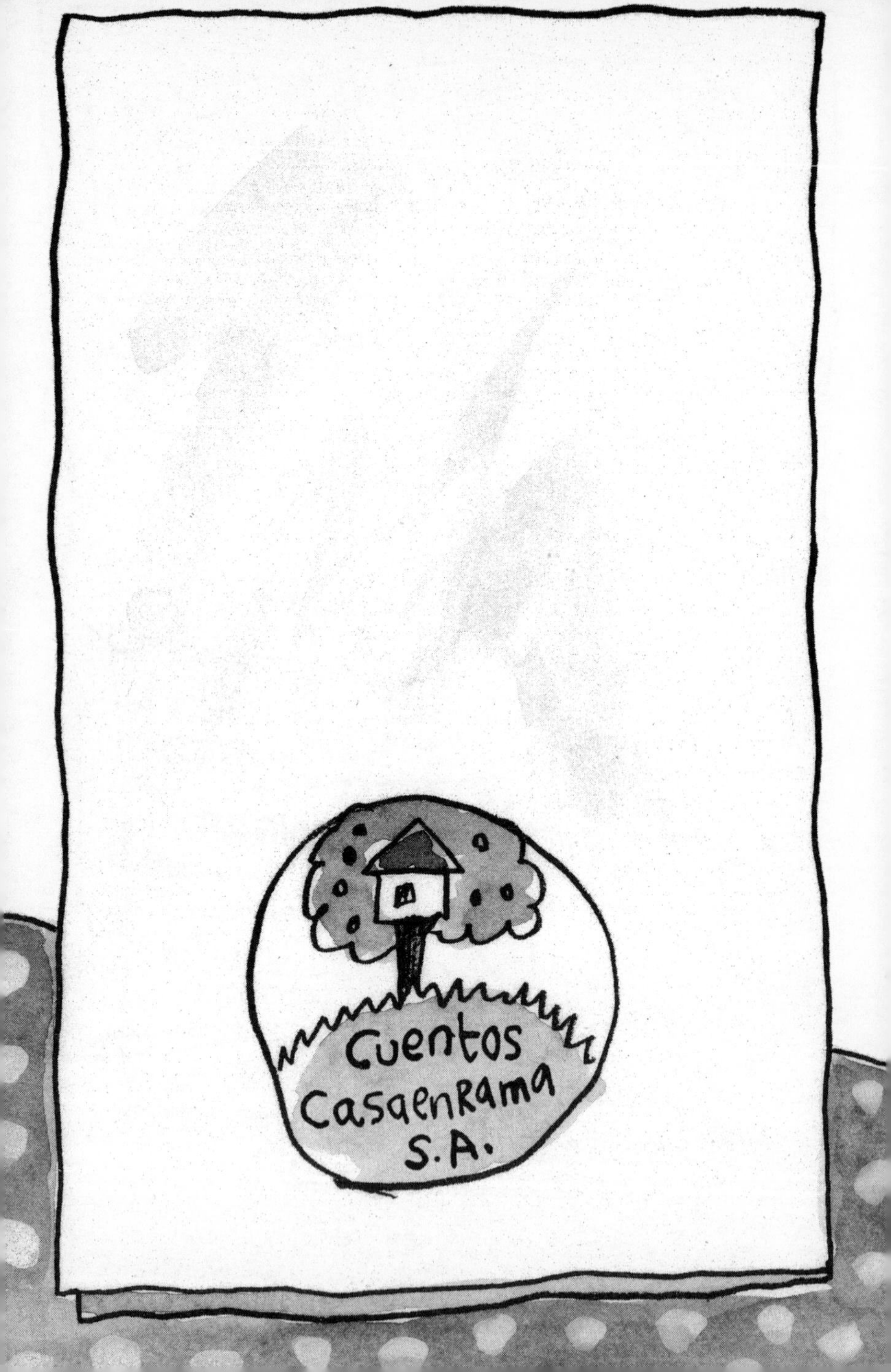
Cuentos
Casaenrama
S.A.

CAPÍTULO 1
JORGE Y BERTO

Estos son Jorge Betanzos y Berto Henares.
Jorge es el chico de la izquierda, con camisa
y corbata. Berto es el de la derecha, con
camiseta y un corte de pelo demencial.
Recuérdenlos bien.

MENÚ DEL DÍA

SOPA DE AJO
ALBÓNDIGAS
CASERAS
PIÑA TROPICAL
TÉ

Si quisieran describir a Jorge y Berto en pocas palabras, quizá se les ocurrirían términos como *tipo*, *gracia*, *cabeza*, *decisión*, etcétera.

Y si le preguntan a su director, el señor Carrasquilla, les dirá que Jorge y Berto son de *ese tipo* de chicos que tienen maldita la *gracia*, que lo traen *de cabeza* y que la única *decisión* posible es tenerlos en el fondo de un pozo.

Pero no le hagan caso.

Jorge y Berto son en realidad unos muchachos listos y con buen corazón. Su único problema es que están en cuarto curso. Y en la escuela de Jorge y Berto se supone que los de cuarto curso tienen que estarse quietecitos y atender ¡durante siete horas al día!

Y es en eso en lo que fallan un poco.

En lo que Jorge y Berto son realmente buenos es en hacer tonterías. Y por desgracia sus tonterías les crean problemas de vez en cuando. Problemas que en ocasiones son TERRIBLES. ¡Y que un día fueron TAN TERRIBLES que casi provocaron la destrucción total del planeta a manos de un gigantesco ejército de zombis malvados!

Pero antes de contarles esa historia les tengo que contar esta otra...

CAPÍTULO 2

LAS MALVADAS TIPEJAS DEL ESPACIO

Una noche oscura y serena, en Chaparrales, estado de Palizona, se pudo ver cómo un objeto llameante atravesaba el cielo a medianoche.

Brilló con fuerza durante uno o dos segundos y enseguida se apagó justo encima de la Escuela Primaria Jerónimo Chumillas. Nadie le dio mayor importancia al asunto.

Al día siguiente todo tenía un aspecto de lo más normal. A nadie le pareció que la escuela hubiera cambiado. Nadie se fijó en el tejado. Y, naturalmente, nadie miró hacia arriba y dijo: "¡Eh! ¿Qué hace ese armatoste con pinta de nave espacial en el tejado de la escuela?".

Si alguien lo hubiera hecho, quizá los tremebundos sucesos de esta historia nunca hubieran ocurrido y no estarían ustedes leyéndola tan cómodos ahora mismo. Pero nadie lo hizo y ocurrieron... Ya ven, así es la vida.

Como todos pueden ver claramente, había una nave espacial en lo alto del edificio. Y dentro de la nave se encontraban tres de los más pérfidos, horrendos y despiadados seres extraterrestres que jamás hayan puesto los pies en una escuela primaria de barrio.

Sus nombres eran Zorx, Klax y Jennifer. ¿Su misión? Apoderarse del planeta Tierra.

—Lo primero —dijo Zorx— es encontrar la forma de infiltrarnos en la escuela.

—Luego —dijo Klax—, ¡convertiremos a los niños en gigantescos e infames zombis con superpoderes!

—Y por último —dijo Jennifer— ¡los utilizaremos para apoderarnos del mundo!

Zorx y Klax se partían de risa.

—¡Silencio, bobos! —bramó Jennifer—. Si queremos que nuestro plan funcione, tenemos que esperar hasta que venga a cuento en este cuento. ¡Mientras tanto, observaremos todos sus movimientos con nuestro desastroscopio!

CAPÍTULO 3

¡QUÉ DÍVER ES LA CIENCIA!

Aquella misma mañana Jorge y Berto estaban sentados en su clase de ciencias de las diez y cuarto, haciendo ruidos absurdos.

—Miiiaaauuuuuu —maullaba Jorge bajito, sin mover los labios.

—Grrrr-grrrr-grrrr —gruñía Berto sin abrir la boca.

—¡Los he oído otra vez! —exclamó el señor Panfilotas, su profesor de ciencias. ¡Estoy seguro de que hay un gato y un perro en la clase!

—Nosotros no hemos oído nada —dijeron los niños conteniendo la risa.

—Debo de estar oyendo cosas raras de nuevo —dijo preocupado el señor Panfilotas.

—Quizá debería ir al médico —dijo Jorge con expresión de interés.

—No puedo —dijo el señor Panfilotas—. Hoy es el día del gran experimento del volcán.

Todos los niños gimieron a coro. Los experimentos científicos del señor Panfilotas eran por lo general lo más tonto del mundo. Casi nunca funcionaban y siempre eran aburridos.

Pero el experimento de aquel día iba a ser diferente. El señor Panfilotas destapó un gran volcán que había hecho él mismo con papel y engrudo y lo llenó con el contenido de una caja de bicarbonato.

—El nombre exacto es "bicarbonato sódico" —explicó el señor Panfilotas.

—Miiiaaauuuuuu.

—Niños, ¿ninguno de ustedes ha oído...? Bah, no importa.

El señor Panfilotas abrió una botella de un líquido de color claro.

—Y ahora —dijo—, miren lo que pasa cuando echo vinagre en el bicarbonato.

Los niños vieron cómo el pequeño volcán empezaba a retumbar. Muy pronto un gran grumo de una pasta espumeante borboteó por encima de la cumbre del volcán. La pasta se derramó sobre la mesa y goteó al suelo dejándolo hecho un asco.

—¡Vaya por Dios! —dijo el señor Panfilotas—. Me temo que he puesto demasiado bicarbonato.

Jorge y Berto estaban impresionados.

—¿Cómo lo hizo? —preguntó Berto.

—Veamos —dijo el señor Panfilotas—. El vinagre actúa como agente que libera el elemento radical del bicarbonato sódico en forma de carbono gaseo...

—Miiiaaauuuuuu.

—Esto... ejem —el señor Panfilotas hizo una pausa—. Vaya, excú...cúsenme, chicos, te... tengo que ir al médico.

El profesor se puso el abrigo y salió a toda prisa. Jorge y Berto se levantaron y observaron con gran interés los resultados del experimento del volcán pringoso.

—¿Estás pensando lo mismo que yo? —preguntó Jorge.

—Pienso que estoy pensando lo que tú estás pensando que pienso —dijo Berto.

CAPÍTULO 4
EL PLAN

Después de la escuela los dos chicos corrieron
a casa de Jorge y se pusieron manos a la obra.

Jorge y Berto se sentaron y empezaron a inventarse una receta falsa de bizcochitos.

—Sólo tenemos que añadirle a esta receta una caja de bicarbonato y una botella de vinagre —dijo Jorge—, y el que haga estos bizcochitos se va a llevar una buena sorpresa...

—Mejor le añadimos a la receta dos cajas de bicarbonato y dos botellas de vinagre —dijo Berto—. ¡Así se llevarán una sorpresa aún mayor!

—¡Buena idea! —se rió Jorge.

CAPÍTULO 5

LOS BIZCOCHITOS SABROSONES DEL SEÑOR CARRASQUILLA

A la mañana siguiente, Jorge y Berto se dirigieron al comedor de la escuela y pegaron una tarjeta de cumpleaños en la puerta de la cocina.

Las señoras que atendían en el comedor llegaron
enseguida.

—Miren —dijo la señora Masmaizena, que era la
jefa—. Por lo visto hoy es el cumpleaños del señor
Carrasquilla y quiere que le hagamos una fuente de
bizcochitos para él solo... Qué simpático, ¿no?

—Tengo una idea —dijo la señora Aldente, la
cocinera—. ¿Por qué no le damos una sorpresa y
hacemos bizcochitos para toda la escuela?

—Muy bien pensado —dijo la señora
Masmaizena—. Veamos... esta receta es para diez y
en la escuela, entre alumnos, maestros etcétera,
seremos unos mil, así que...

necesitaremos cien huevos, ciento
cincuenta tazas de harina, doscientas cajas de
bicarbonato, kilo y medio de colorante verde,
cincuenta barras de mantequilla, ciento
cincuenta tazas de azúcar y..., vamos a ver...,
eso es, ¡doscientas botellas de vinagre!

Biscochitos SAbrosoNES DeL SEÑOR CArrasQUiLLA

INGREdientes

Para 10 bizcochitos
1 huevo
1 CAJa de bICarboNato
1 1/2 TAzas de aZÚcAR
1 Barra de mantequilla
1 g Colorante verde
2 Botellas de vinagre

IstruciOnes

Mezclar la HArina Y el AzúcAr con el biCarBonato
Y el huevo. FunDir la mantequilla Y Echarla en la
Mezcla. REvolver con el Colorante de Alimentos.
Añadir AhoRa el VinagRe. Mezclar bien. Verter
en moldes de Biscochitos. HOrneAr a 45 grados
Durante 3 horas.

Las señoras del comedor se afanaron hasta
juntar todo lo que necesitaban. Echaron los
huevos, el colorante, la leche y el bicarbonato
en un gran recipiente y se pusieron a mezclarlo
todo concienzudamente.

Luego, una de ellas añadió el vinagre...

CAPÍTULO 6

LO QUE PASÓ LUEGO

(Nota: por favor, sacudan este libro de forma
incontrolable cuando lean la palabra que viene
a continuación. Y además díganla gritando
todo lo fuerte que puedan. No se preocupen,
nadie les dirá nada.)

¡KATA-FLUUUUAAAAAAAAAFFF!

CAPÍTULO 6 Y ¹/₂

¡QUE VIENE LA MASA!

Una gigantesca ola de masa verde reventó las puertas del comedor y se estrelló en los pasillos, tragándoselo todo a su paso. Bolsas de libros, tablones de anuncios, loncheras, percheros, vitrinas llenas de trofeos... Nada resistía el paso de la verde y descomunal oleada viscosa.

Avanzó por las alas norte, este y oeste de la
escuela cubriéndolo todo, desde las fuentes
donde bebían los niños hasta el texto de esta
página. Se metió en los casilleros de los vestua-
rios, se precipitó por las escaleras, inundó la sala
de profesores y se extendió por todo el edificio.

Muy pronto la masa verde empezó a colarse por todos los salones de clases.

—¡Ay, madre! —dijo Jorge—. Algo me dice que las señoras del comedor han hecho más de una fuente de los bizcochitos sabrosones del señor Carrasquilla.

—¡Pe... pero eso ha sido idea suya, no nuestra! —exclamó Berto.

—A propósito de ideas —dijo Jorge—, acabo de tener una muy buena.

—¿Cuál? —preguntó Berto.

—¡CORRER! —chilló Jorge.

CAPÍTULO 7

LA FURIA DE LAS
SEÑORAS DEL COMEDOR

Al día siguiente por la tarde, mientras los equipos de limpieza se abrían paso a través de pasillos verdes y pringosos y salones pringosos y verdes, las señoras del comedor se reunieron con el señor Carrasquilla en su verde y pringoso despacho.

—¡Pero si ni siquiera era mi cumpleaños! —gritó el señor Carrasquilla.

—Sabemos bien que usted no ha tenido nada que ver con esto —dijo la señora Masmaizena—. ¡Han tenido que ser esos dos niños espantosos, Jorge y Berto!

—¡Míralas, qué listas! —dijo el señor Carrasquilla con los ojos desorbitados—. ¡¡PUES CLARO QUE HAN SIDO JORGE Y BERTO!! ¿Pero acaso tienen ustedes alguna prueba?

—¿PRUEBA? —dijeron las señoras del comedor—. ¡Pero si Jorge y Berto están siempre haciéndonos de las suyas! Todos los días cambian las letras del cartel en que anunciamos el menú... Ponen pimienta en las cajas de las servilletas y desenroscan los tapones de los saleros... Se enzarzan en peleas... Se dedican a patinar con las bandejas de la comida... Hacen reír a todos para que la leche les salga por la nariz... ¡¡¡Y están continuamente dibujando esos horribles cuentos con historietas sobre nosotras!!!

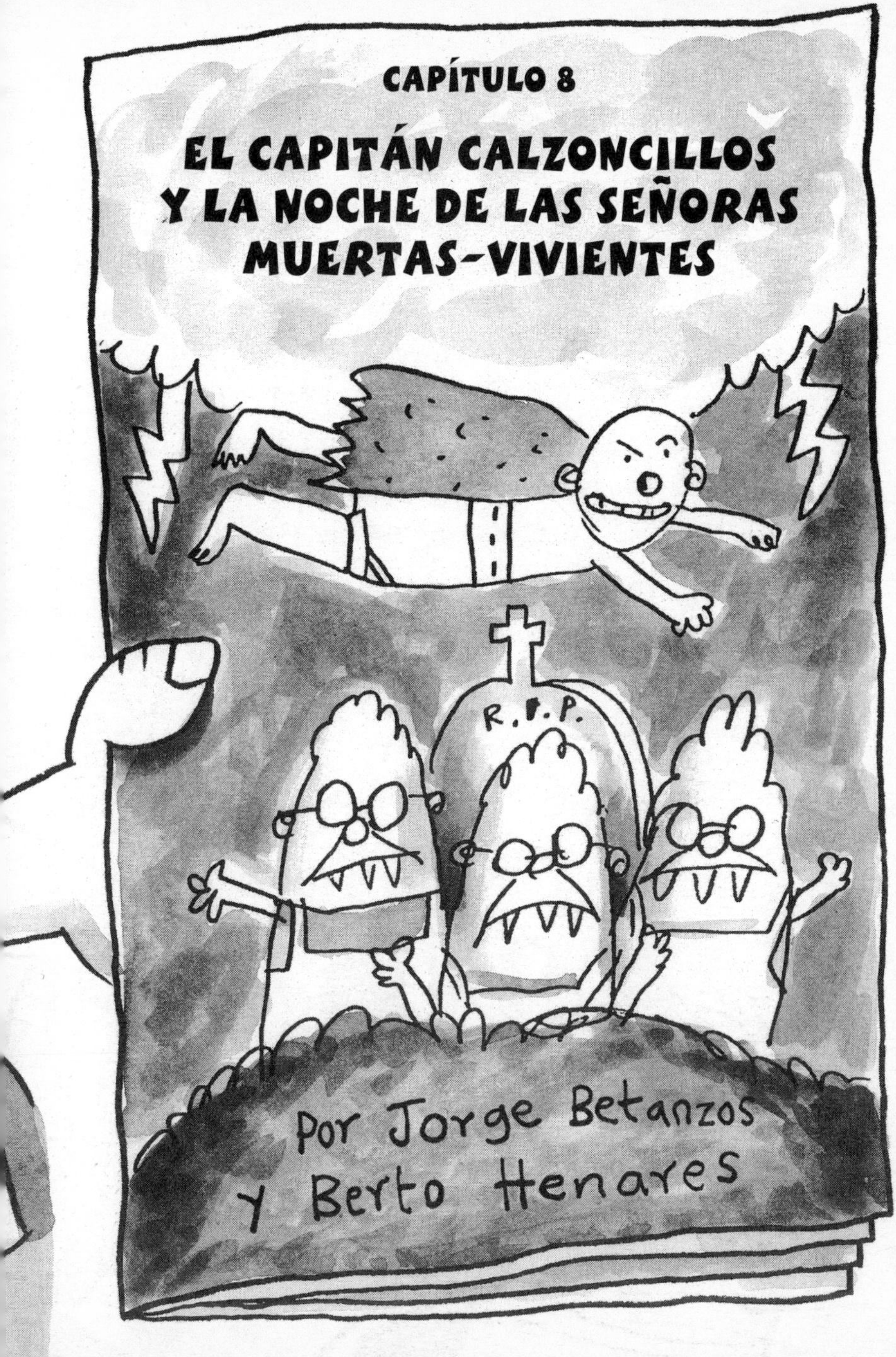
CAPÍTULO 8
EL CAPITÁN CALZONCILLOS Y LA NOCHE DE LAS SEÑORAS MUERTAS-VIVIENTES
R.I.P.
Por Jorge Betanzos y Berto Henares

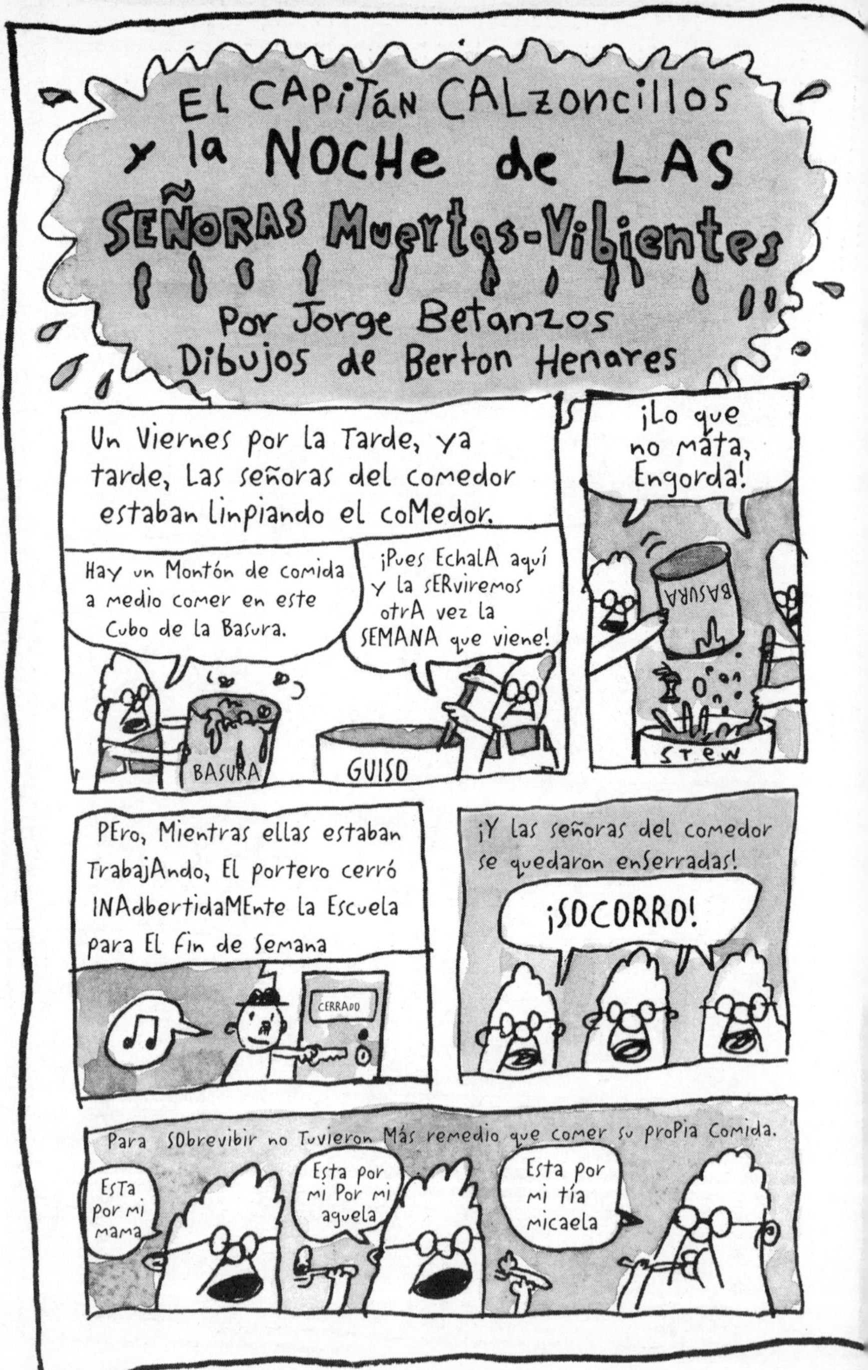

EL CAPiTán CALzoncillos
y la NOCHe de LAS
SEÑORAS Muertos-Vibientes
Por Jorge Betanzos
Dibujos de Berton Henares
Un Viernes por la Tarde, ya tarde, Las señoras del comedor estaban linpiando el coMedor.
Hay un Montón de comida a medio comer en este Cubo de la Basura.
BASURA
¡Pues EchalA aquí y la sERviremos otrA vez la SEMANA que viene!
GUISO
¡Lo que no mata, Engorda!
BASURA
STEW
PEro, Mientras ellas estaban TrabajAndo, El portero cerró INAdbertidaMEnte la Escuela para El fin de Semana
CERRADO
¡Y las señoras del comedor se quedaron enSerradas!
¡SOCORRO!
Para SObrevibir no Tuvieron Más remedio que comer su proPia Comida.
EsTa por mi mama
Esta por mi Por mi aguela
Esta por mi tía micaela

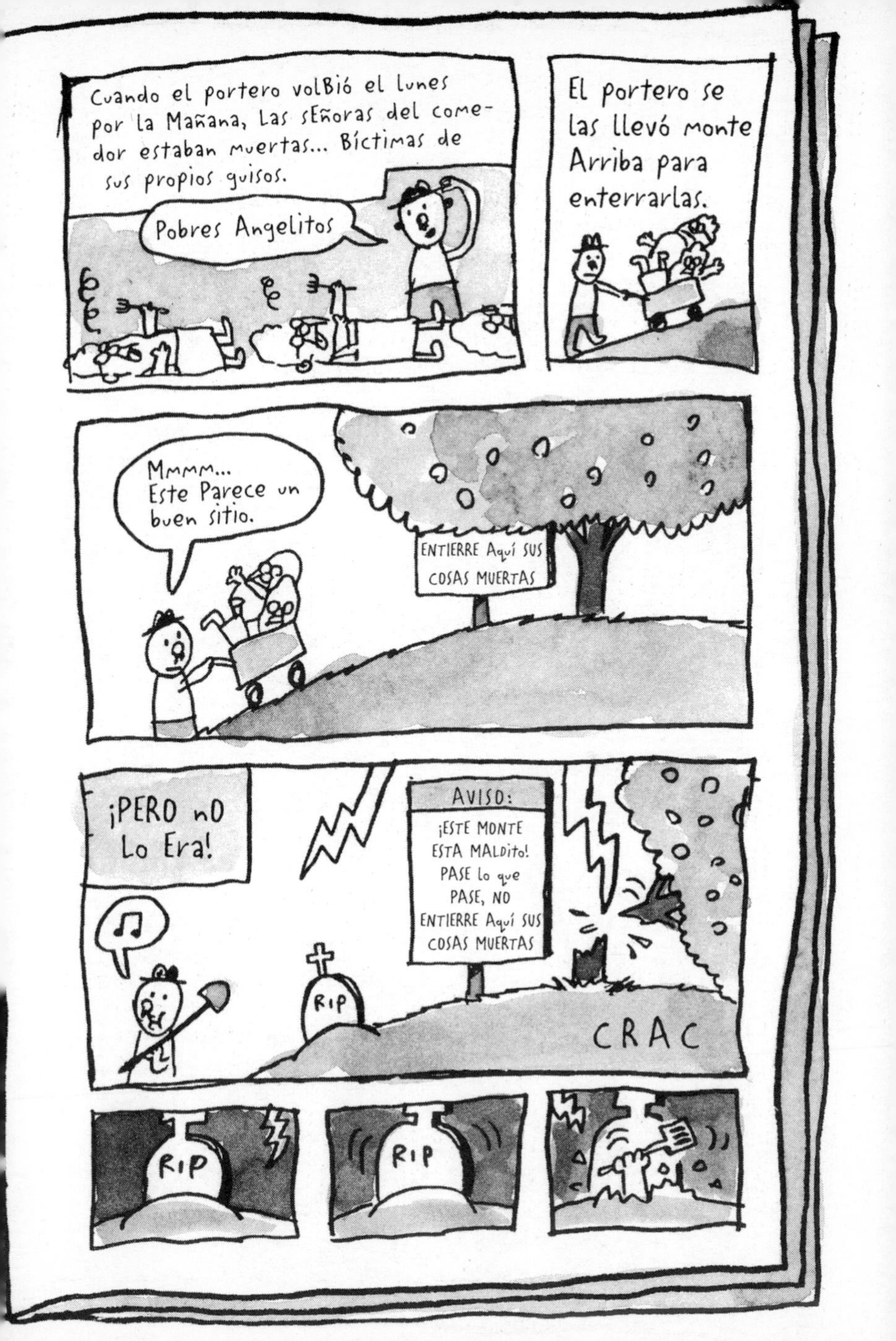
Cuando el portero volBió el lunes por la Mañana, Las sEñoras del comedor estaban muertas... Bíctimas de sus propios guisos.
Pobres Angelitos
El portero se las llevó monte Arriba para enterrarlas.
Mmmm... Este Parece un buen sitio.
ENTIERRE Aquí SUS COSAS MUERTAS
¡PERO nO Lo Era!
AVISO:
¡ESTE MONTE ESTA MALdito! PASE lo que PASE, NO ENTIERRE Aquí SUS COSAS MUERTAS
RIP
CRAC
RIP
RIP

¡SoCoRRO! ¡Las señoras del comedor han REsusitado y ya no están muertas! Están Locas Por coMERse unos sesos! Y acaban de atacar al profe de ginasia.

¡Pero para Eso Necesitan a Alguien que Tenga SESOS!

DIREktor

Esto Parece Un trabajo PARA...

DIREktor

GrAs

¡EL CAPITÁN CALzoncillos!

¿Qué problema dicen ustedes que tienen?

¡SEñoras del comedor MUERTAS-Vivientes!

No se preocupen... ¡Les daré unos Elasticogolpes!

¡OH, NO! ¡Los SUPerPoderes SUPERelásticos no funcionan con los Muertos-Vivientes!

EMpezó UNA
TErriblE LuCHA

El CApitán
Calzoncillos ERA más
Rápido que unos
TUrbocalzones...

...Más poTEnte que unos
Calzonazos de boxeador...

Y Capaz de
saltar eDIfisios
altos sin
Tropezar gracias
a sus espinillas
superelásticas.

¡Tata-Tacháááán!

PEro las señoras del comedor
resultaRON Duras de Pelar. ERan aún
más Rápidas que sus famosas comiDAS
SuperSÓNicas

Eran mucho más fuertes
que el DLor apestoso de
su famosa CasUela de
carNE "Pocachicha".

Y ERAN caPAses de saltar
EDifisios Altos Gracias a los
efectos gasEosos de sus
fríjoles con Chorizo
"al estilo TEJANO".

B-R-R-R-R-T

PRONto se subieron TODos en lo Alto de UN edifisio muy Alto.

¡Ya te tenemos, guerrero superelástico!

¡ESO ES LO QUE USTEDES SE CREEN!

El CApitán CAlzoncillos Apretó un botón de su "CINturón eláSTico UTilitario".

click

Y de su costado salió un ROLLO DE Papel IGIÉNICO...

Ni siquiera Los Muertos VIvientes pueden excapar del "Papel Higiénico Justisiero"

El CapiTán CAlzoncillos aTRapó a LAZO a las repugnantes señoras del comedor.

Pero ellas se guardaban UNA Carta en la MAnGA.

SALSA PARA FILETES Marca: Señoras Del comedor

Y Desicieron el Papel Higiénico JUSTISIEro con unas gOTas de su Salsa para FileTES.

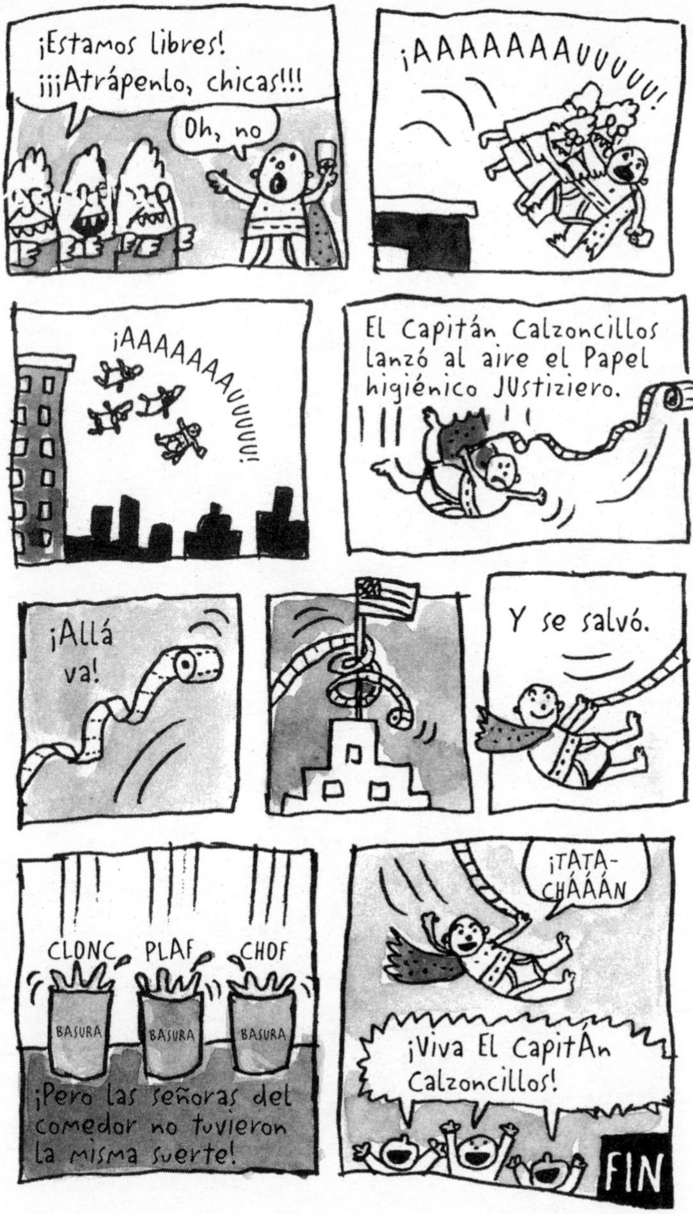
¡Estamos libres! ¡¡¡Atrápenlo, chicas!!!
Oh, no
¡AAAAAAAUUUUUU!
¡AAAAAAAAUUUUU!
El Capitán Calzoncillos lanzó al aire el Papel higiénico JUSTIZIERO.
¡Allá va!
Y se salvó.
CLONC
PLAF
CHOF
BASURA
BASURA
BASURA
¡Pero las señoras del comedor no tuvieron la misma suerte!
¡TATA-CHÁÁÁN
¡Viva El CapitÁn Calzoncillos!
FIN

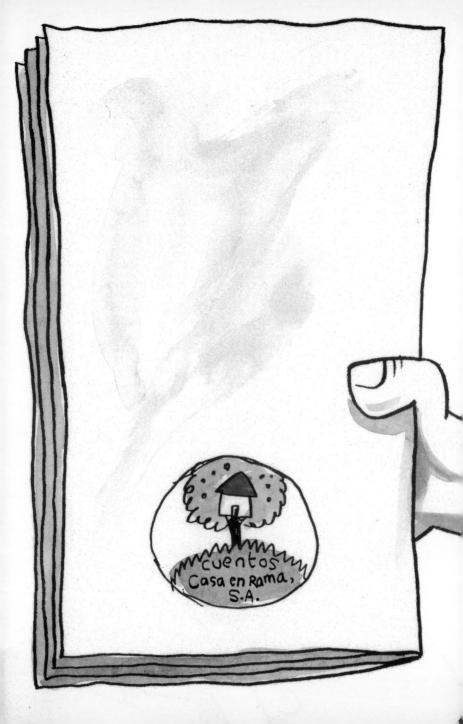

cuentos
Casa en Rama,
S.A.

CAPÍTULO 9

¡NOS VAMOS DE AQUÍ!

—¡Estamos hartas de esos chicos! —chilló la señora Masmaizena—. ¡Siempre se burlan de nuestras comidas!

—¡Eso es! —dijo la señora Aldente—. Y nuestras comidas no son tan malas. ¡Yo una vez comí aquí y vomité poquísimo!

—Pues yo no puedo castigarlos si no tengo ninguna prueba —dijo el señor Carrasquilla.

—¡Muy bien! —dijeron las señoras del comedor—. ¡Pues dejamos el trabajo!

—¡Señoras, señoras! —suplicó el señor
Carrasquilla—. ¡Sean razonables! ¡No pueden
irse así, sin avisar!

Pero las señoras del comedor no le hicieron
el menor caso. Salieron por la puerta del verde y
pringoso despacho del señor Carrasquilla y
¡sanseacabó!

—¡Rayos y truenos! —exclamó el señor
Carrasquilla—. ¿Y ahora dónde encuentro yo
tres señoras nuevas para mañana por la mañana?

De pronto alguien llamó a la puerta del señor Carrasquilla. Tres mujeres enormes y maquilladísimas entraron en el despacho.

—Hola —dijo la primera—. Mi nombre es Zorxita. Y estas son mis..., mis hermanas Klaxita y... estee..., Jeromita. Hemos venido a pedirle que nos deje trabajar en el comedor.

—¡Vaya! —dijo el señor Carrasquilla—. ¿Y tienen alguna experiencia?

—No —respondió Klaxita.

—¿Tienen algún título o diploma? —preguntó el señor Carrasquilla.

—No —dijo Zorxita.

—¿Traen alguna referencia?

—No —dijo Jeromita.

—¡Están contratadas! —dijo el señor Carrasquilla.

—Magnífico —dijo Jeromita—. ¡Adelante con nuestro plan para apoderarnos del mundo... quiero decir con nuestro plan para alimentar a los niños con comidas sanas y nutritivas!

Las tres señoras se echaron a reír horriblemente. A continuación salieron del despacho del señor Carrasquilla y se pusieron a preparar el menú para el día siguiente.

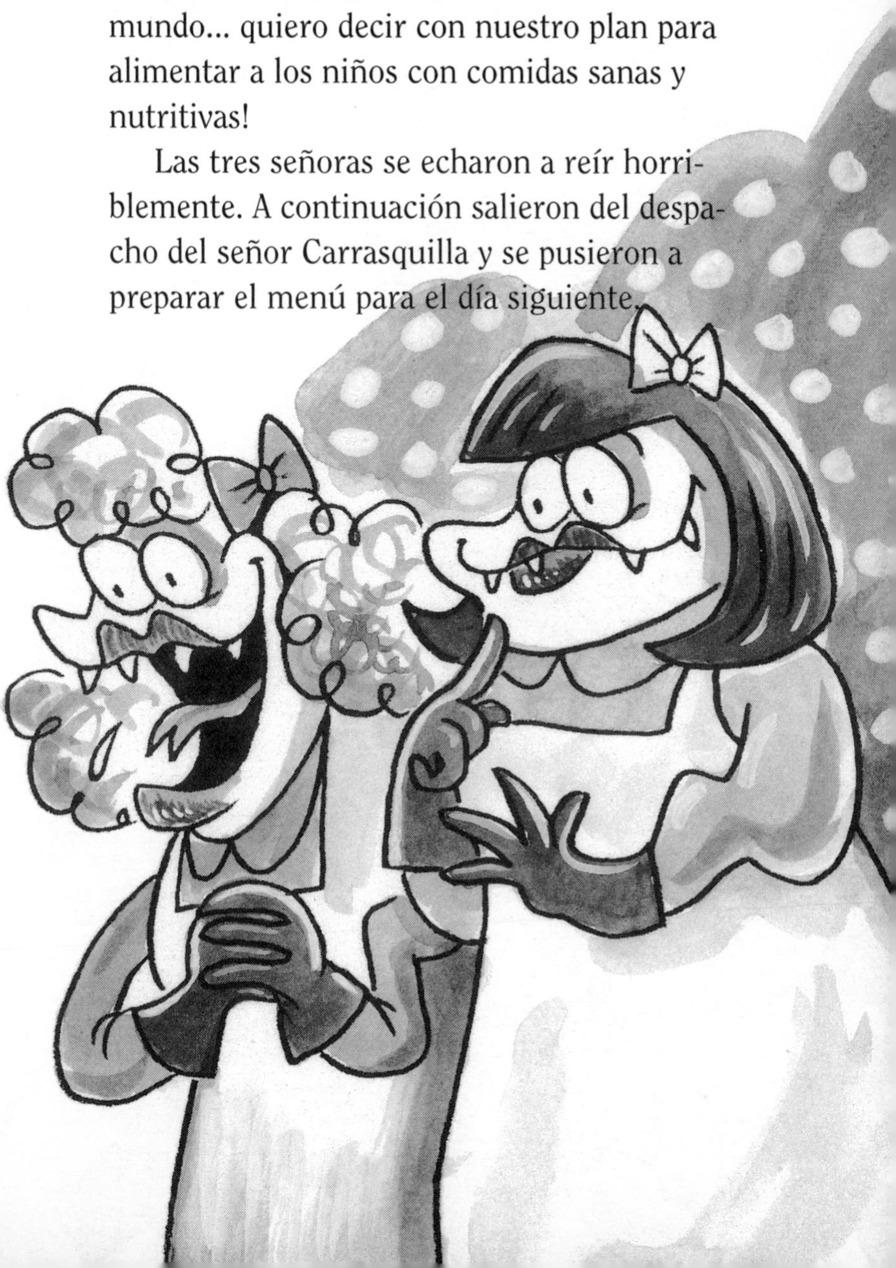

—Pues sí que ha sido fácil —dijo el señor Carrasquilla—. Y ahora, ¡a ocuparse de Jorge y Berto!

CAPÍTULO 10

¡CAZADOS!

Jorge y Berto estaban en plena hora de estudio cuando oyeron por los altavoces el temido aviso:

"Jorge Betanzos y Berto Henares,
hagan el favor de presentarse
inmediatamente al señor Carrasquilla
en el despacho de Dirección".

—¡Ay, madre! —exclamó Berto—. ¡Nos han cazado!

—¡De eso nada! —dijo Jorge—. ¡Recuerda que lo que pasó ayer no fue culpa nuestra! Nosotros no hicimos nada... ¡Fue un accidente!

Pero el señor Carrasquilla no se mostró tan comprensivo.

—No puedo probarlo, pero sé bien que ustedes, muchachos, son los responsables del desastre de ayer —dijo el director—. Y voy a castigarlos quitándoles el privilegio de usar el comedor durante lo que queda de curso. ¡Se acabó la comida del comedor para ustedes dos!

—¿Se acabó la comida del comedor? —susurró Berto—. Creía que había dicho que iba a castigarnos...

—Ya —sonrió Jorge—. ¡A lo mejor, si nos portamos mal de verdad, nos quita el privilegio de hacer tareas!

—¡Los he oído! —aulló el señor Carrasquilla—. ¡Pues bien, a partir de ahora, jovencitos, se van a traer su comida de casa y se la van a comer en mi despacho para que no les quite ojo!

—¡Caray! —dijo Berto.

—¡Pero si no fuimos nosotros! —protestó Jorge—. ¡NO FUIMOS NOSOTROS!

—¡Lo siento, muchachos! —dijo el señor Carrasquilla.

—Vaya —dijo Jorge—, seguramente esta es la primera vez que nos castigan por algo que no hemos hecho.

—Eso, siempre que no cuentes todas las veces que no hemos hecho las tareas —dijo Berto.

—Pues es verdad —se rió Jorge.

CAPÍTULO 11

LA HORA DEL BOCADILLO

Al mediodía del día siguiente Jorge y Berto se llevaron cada uno sus bocadillos para comérselos en el despacho del señor Carrasquilla.

—Te cambio la mitad de mi bocadillo de chocolate con gominolas —dijo Jorge— por la mitad de tu bocadillo de atún en aceite con crispis de chocolate y merengue.

—Está bien —dijo Berto—. ¿Lo quieres con un poco de ketchup?

—¡Muchachos, son REPUGNANTES! —gritó el señor Carrasquilla.

A los pocos segundos Jorge y Berto estaban mascando a dos carrillos papas fritas con crema y chocolate. Al señor Carrasquilla se le estaba poniendo la cara verde.

—¿Qué tienes de postre? —preguntó Berto.

—¡Huevos cocidos con leche condensada y chorizo! —dijo Jorge.

—¡PUAAAJJ! —aulló el señor Carrasquilla—. ¡No puedo soportarlo!—. Se levantó y salió tambaleándose en busca de aire fresco.

—¿Sabes qué? —dijo Jorge—. Ahora que se ha ido el señor Carrasquilla, podríamos ir corriendo al comedor y cambiar las letras del menú.

—¡Buena idea! —dijo Berto.

MENÚ DEL DÍA
GAZPACHO DE
TRIPAS DE GUSANO
GRATINADO
DE MOCOS
JUGOS A LO
ZOMBI

Así que Jorge y Berto se deslizaron sigilosamente hasta el comedor. Pero cuando leyeron el menú se quedaron un tanto perplejos.

—¿Pero qué es esto? —dijo Jorge.

—Parece como si alguien hubiera cambiado ya el cartel —dijo Berto.

—Déjate de carteles —dijo Jorge—. ¡Mira a la gente! ¡Todos han cambiado!

Era verdad. Los niños y los profesores de la escuela entraban en el comedor con su aspecto normal, pero cuando salían tenían una pinta completamente distinta.

—¡Mira! —gritó Jorge—. ¡Todos llevan lentes rotos sujetos con esparadrapo... y todos tienen colmillos de plástico...! Se han convertido en...

—¡Zombis! —dijo Berto boquiabierto.

—¡Y míralos qué piel tienen! —dijo Jorge—. Se les ha vuelto viscosa y gris.

—Cierto. Tienen todas las características de los zombis —confirmó Berto.

—Me temo que sí —añadió Jorge.

—¡Ojalá sean pacíficos! —dijo Berto.

—¿Alguna vez has oído hablar de zombis pacíficos? —preguntó Jorge.

—Tengo miedo —gimió Berto.

—No hay tiempo para tener miedo —dijo
Jorge—. ¡Hay que llegar al fondo de este
asunto!

—¡Eso es lo que me da miedo! —dijo Berto.

CAPÍTULO 12

EL FONDO DEL ASUNTO

Jorge y Berto se metieron disimuladamente en el comedor y se colaron por la puerta de la cocina. Una vez allí, se escondieron detrás de una mesa junto a la que las malvadas señoras extraterrestres estaban discutiendo sus planes para apoderarse del mundo.

—¿Han visto a esos terrícolas insignificantes! —reía Zorx—. ¡Miren como todos se beben nuestros asquerosos JUGOS TIPO ZOMBI y se transforman delante de nuestras propias narices!

—Ya falta poco —dijo Klax—. ¡Mañana les daremos JUGO SUPERDIABÓLICO CRECECOSAS DE EFECTO INMEDIATO y enseguida serán tan grandes como árboles expluchiformios!

—Exacto —dijo burlona Jennifer—. Después soltaremos a nuestros diabólicos zombis gigantescos por el mundo y muy pronto el planeta será... ¡NUESTRO!

Y los tres malvados seres del espacio echaron la cabeza atrás y rompieron a reír con carcajadas histéricas.

—¡Tenemos que decírselo al señor
Carrasquilla! —dijo Berto.

—Está bien —contestó Jorge—, pero antes
tenemos que deshacernos de ese JUGO SUPER-
DIABÓLICO CRECECOSAS DE EFECTO
INMEDIATO.

Jorge alargó la mano con mucho cuidado
y se apoderó del cartón de jugo.

—¿Qué hacemos con él? —preguntó Berto.

—Vaciarlo por la ventana —dijo Jorge—. Así
no causará daño a nadie.

—Buena idea —dijo Berto.

Y mientras las pérfidas señoras del comedor seguían partiéndose de risa, Jorge vació por la ventana el cartón de JUGO SUPERDIABÓLICO CRECECOSAS DE EFECTO INMEDIATO.

—¿Sabes una cosa? —susurró Berto—. Pues que el señor Carrasquilla no creerá ni a tiros que esas siniestras señoras extra-terrestres han convertido a toda la escuela en zombis malvados.

—Claro que nos creerá... ¡TIENE que creernos! —dijo Jorge—. Espero que nos crea...

CAPÍTULO 13

NO LES CREYÓ

—¡Es la historia más ridícula que he oído en mi vida! —se rió el señor Carrasquilla a carcajadas.

—¡Pues es verdad! —gritó Berto.

—¡Lo es! —dijo Jorge—. ¡Todos en esta escuela se han convertido en zombis malvados! ¡Los niños, los maestros... todo el mundo!

—Muy bien —dijo el señor Carrasquilla—. ¡Les haré una demostración! —apretó el botón del sistema de audiofonía y llamó a su secretaria.

La señorita Carníbal entró enseguida.
Llevaba un vestido de lunares rosados con
medias gruesas y unos horribles mocasines
marrones.

—¿Lo ve? —preguntó Berto—. ¡Va vestida
de zombi malvada!

—Siempre va vestida así —dijo el señor
Carrasquilla, irritado.

—¡Pero está gris y viscosa y apesta a
zombi! —gritó Jorge.

—¡Siempre huele así! —repuso el señor Carrasquilla—. ¡Y también está siempre gris y viscosa!

Jorge y Berto tuvieron que admitir que las secretarias de escuela no eran el mejor ejemplo para comparar con zombis malvados.

Pero, de pronto, la señorita Carníbal se inclinó y dio un enorme mordisco al escritorio del señor Carrasquilla.

—Necesario destruir Tierra —gimió mientras le daba otro mordisco al escritorio.

Incluso el señor Carrasquilla tuvo que admitir que la señorita Carníbal estaba portándose un poco peor que de costumbre.

ÑAM
ÑAM

De modo que Jorge y Berto se llevaron al señor Carrasquilla a la cocina para que se las entendiera con las diabólicas señoras del comedor.

De repente surgió de las sombras el perverso Zorx.

—¡Ya los tengo! —aulló Zorx mientras agarraba a Berto por los hombros.

—¡Aaaajj! —chilló el chico, y se escurrió de un tirón del abrazo de Zorx llevándose sus guantes y dejando al descubierto dos babosos tentáculos verdes.

—¿Lo ve, señor Carrasquilla? —dijo Jorge—. ¡Son seres del espacio!

—¡INSENSATOS! —chilló Zorx— ¡Los destruiré ahora mismo!—. El diabólico extraterrestre apuntó con su tentáculo a Jorge, a Berto y al señor Carrasquilla, y dio un chasquido...

¡CHASC!

Al instante, el señor Carrasquilla empezó a transformarse.

Una sonrisa heroica se dibujó en su cara.
Hinchó el pecho y se puso las manos en la
cintura con aire triunfante.

—¡Oh, no! —dijo Jorge—. ¡Ese diabólico
extraterrestre chascó los dedos! ¡Y el señor
Carrasquilla se está convirtiendo en ya saben
quién!

—¡Eh, un momento! —dijo Berto—.
¡Los tentáculos no tienen dedos! ¡No se
puede chascar un tentáculo!

—No hay tiempo para discutir los
aspectos físicos inverosímiles de esta historia
—dijo Jorge—. ¡Tenemos que impedir que
el señor Carrasquilla se convierta en el
Capitán Calzoncillos antes de que sea
demasiado tarde!

CAPÍTULO 14
¡DEMASIADO TARDE!

El señor Carrasquilla se dio la vuelta y salió
disparado hacia la puerta. Su ropa quedó
revoloteando detras de él mientras en los
pasillos retumbaba el eco de sus triunfales
proclamas sobre el poder de la ropa interior.

Jorge y Berto salieron detrás de él, pero Zorx, Klax y Jennifer bloquearon rápidamente el camino de la puerta.

—Si quieren salir de esta cocina —dijo burlona la malvada Jennifer—, tendrán que pasar a través de nosotros.

Jorge agarró un rodillo de amasar. Berto se apoderó de una sartén.

—Ojalá que no tengamos que recurrir a la máxima violencia gráfica —dijo Berto.

—Espero que no —dijo Jorge.

CAPÍTULO 15

CAPÍTULO DE LA MÁXIMA VIOLENCIA GRÁFICA 1ª PARTE (EN FLIPORAMA™)

ADVERTENCIA

El capítulo que sigue contiene escenas gráficas nada ejemplares, que sin duda no deberían aparecer en un libro para niños.

Si esta falta de sensibilidad les resulta ofensiva, lo mejor es que dejen de leer este libro ahora mismo, alcen los brazos y corran dando gritos hasta la zapatería más próxima. Una vez allí, pidan una hamburguesa con queso.

(Nota: lo más seguro es que esto no los ayude en absoluto, pero creemos que puede ser divertido.)

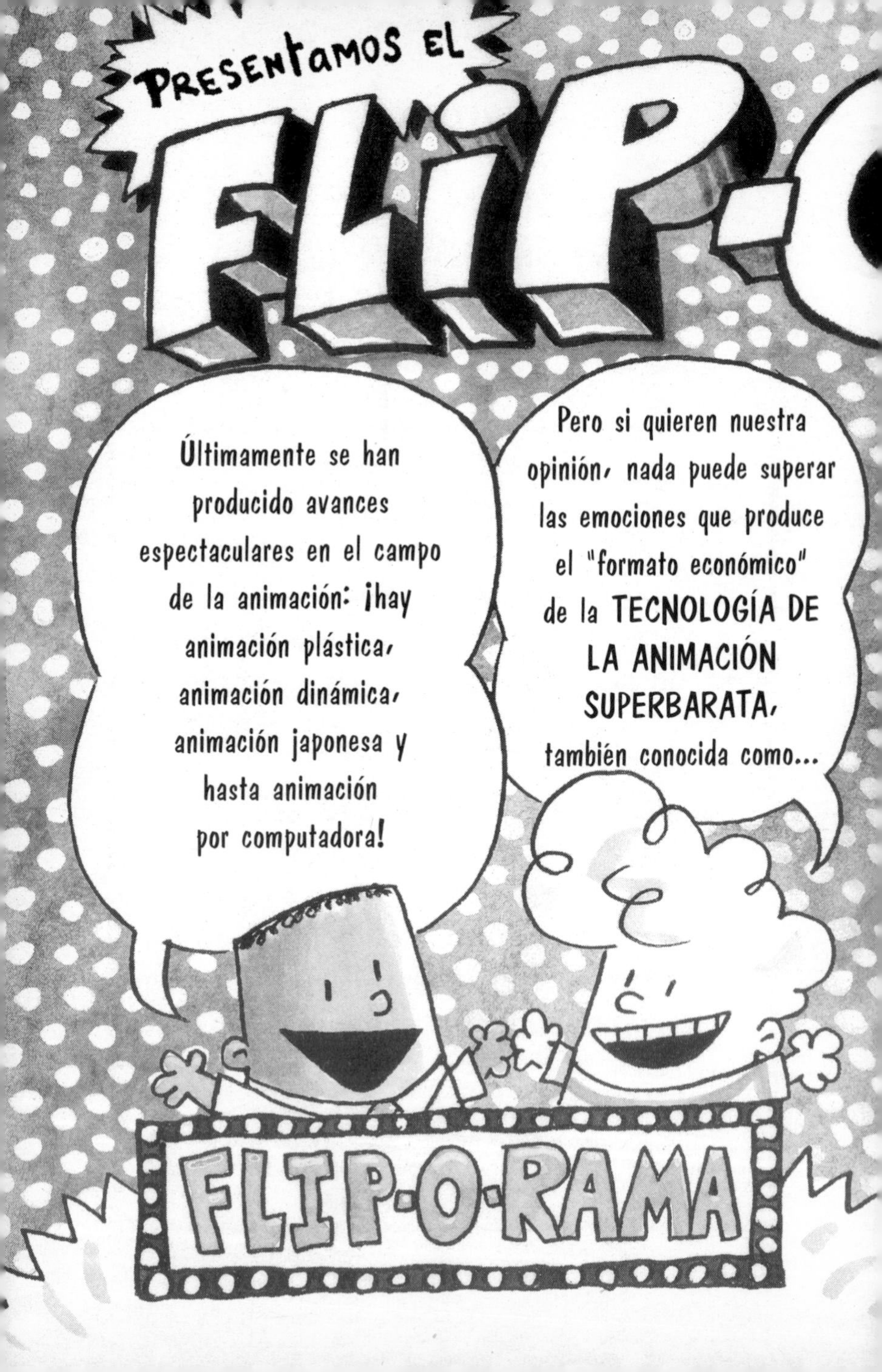

PRESENTAMOS EL
FLIP-O
Últimamente se han producido avances espectaculares en el campo de la animación: ¡hay animación plástica, animación dinámica, animación japonesa y hasta animación por computadora!
Pero si quieren nuestra opinión, nada puede superar las emociones que produce el "formato económico" de la TECNOLOGÍA DE LA ANIMACIÓN SUPERBARATA, también conocida como...
FLIP-O-RAMA

MARCA PILKEY ®

O·RAMA

¡ASÍ ES CÓMO FUNCIONA!

Paso 1

Colocar la mano *izquierda* dentro de las líneas de puntos donde dice "AQUÍ MANO IZQUIERDA". Sujetar el libro abierto *del todo*.

Paso 2

Sujetar la página de la derecha entre el pulgar y el índice derechos (dentro de las líneas que dicen "AQUÍ PULGAR DERECHO").

Paso 3

Ahora agitar *rápidamente* la página de la derecha de un lado a otro hasta que parezca que la imagen está *animada*.

(Diversión asegurada con la incorporación de efectos sonoros personalizados)

FLIPORAMA 1

(páginas 79 y 81)

Acuérdense de agitar *sólo* la página 79.
Mientras lo hacen, asegúrense de que
pueden ver la ilustración de
la página 79 y la de la página 81.
Si lo hacen deprisa, las dos
imágenes empezarán a parecer
una sola imagen *animada*.

¡No se olviden de añadir sus propios
efectos sonoros especiales!

AQUÍ MANO IZQUIERDA

JORGE SACUDE A UNA
DIABÓLICA ALIMAÑA

AQUÍ
PULGAR
DERECHO

AQUÍ
ÍNDICE
DERECHO

JORGE SACUDE A UNA DIABÓLICA ALIMAÑA

FLIPORAMA 2

(páginas 83 y 85)

Acuérdense de agitar *sólo* la página 83.
Mientras lo hacen, asegúrense de que
pueden ver la ilustración de
la página 83 y la de la página 85.
Si lo hacen deprisa, las dos
imágenes empezarán a parecer
una sola imagen *animada*.

¡No se olviden de añadir sus propios
efectos sonoros especiales!

AQUÍ MANO IZQUIERDA

BERTO LE PROPINA
UN GOLPETAZO A UN
SINIESTRO GUSANO

83

AQUÍ
PULGAR
DERECHO

AQUÍ
ÍNDICE
DERECHO

BERTO LE PROPINA
UN GOLPETAZO A UN
SINIESTRO GUSANO

FLIPORAMA 3

(páginas 87 y 89)

Acuérdense de agitar *sólo* la página 87.
Mientras lo hacen, asegúrense de que
pueden ver la ilustración de
la página 87 y la de la página 89.
Si lo hacen deprisa, las dos
imágenes empezarán a parecer
una sola imagen *animada*.

¡No se olviden de añadir sus propios
efectos sonoros especiales!

AQUÍ MANO IZQUIERDA

JORGE Y BETO
TRIUNFAN
(¿SERÁ CIERTO?)

AQUÍ
PULGAR
DERECHO

AQUÍ
ÍNDICE
DERECHO

JORGE Y BETO
TRIUNFAN
(¿SERÁ CIERTO?)

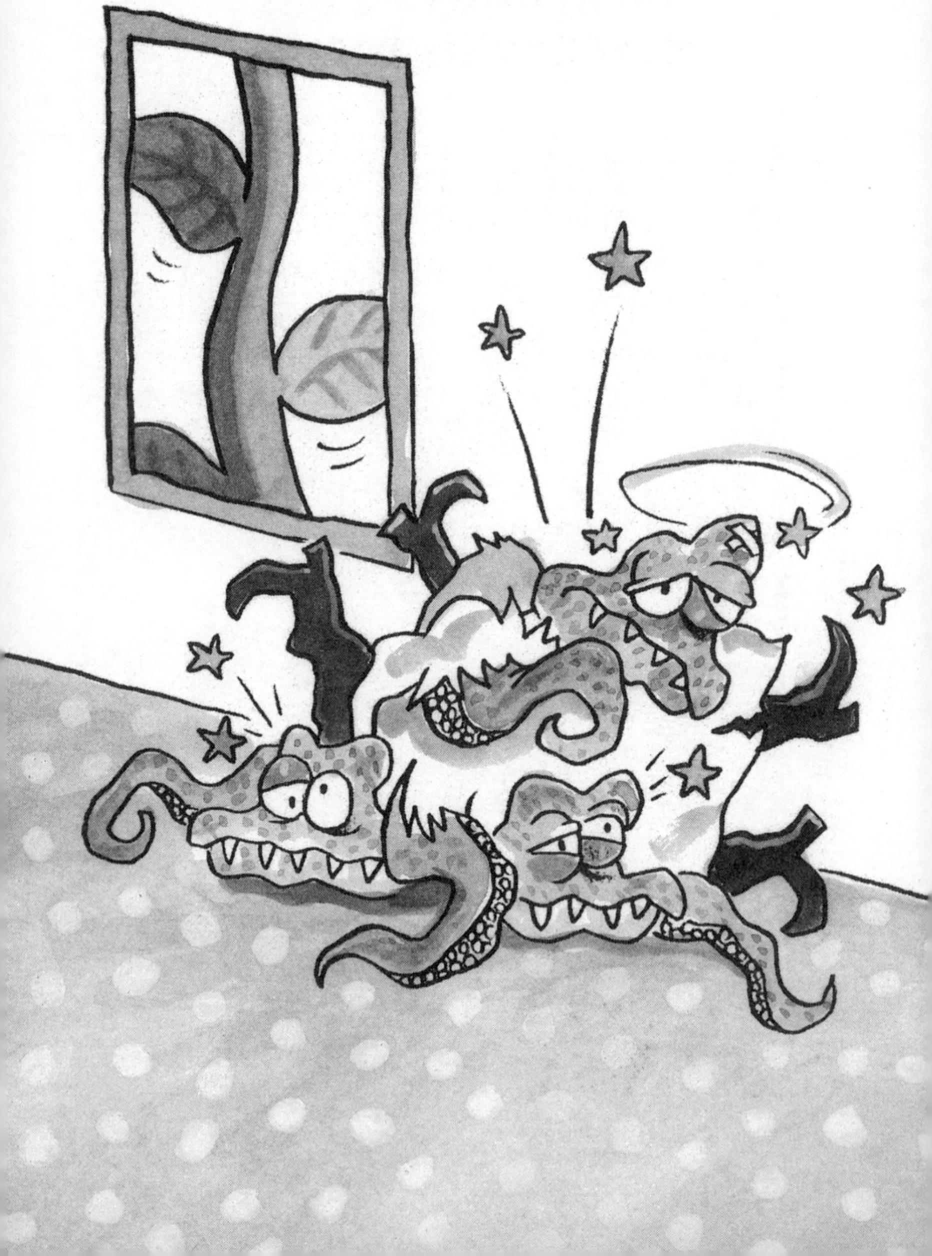

CAPÍTULO 16

EL ATAQUE DE LOS DIABÓLICOS ZOMBIS

Jorge y Berto estaban todavía recuperando el aliento cuando por fin apareció el Capitán Calzoncillos.

—¡Tatata-cháááán! —gritó—. ¡Heme aquí, dispuesto a luchar por la Verdad, por la Justicia y por todo lo que es de algodón inencogible!

—¿Dónde se había metido usted en el capítulo quince, que era cuando le necesitábamos? —preguntó Jorge.

—Estaba en la zapatería, pidiendo una hamburguesa con queso —dijo el Capitán Calzoncillos.

Mientras nuestros tres héroes charlaban, nadie se dio cuenta de que Zorx, Klax y Jennifer se habían escabullido. Los aporreados seres del espacio se dirigieron al equipo de megafonía del comedor y llamaron a sus zombis malvados.

—¡Zombis malvados! —dijo Jennifer—. ¡Destruyan al Capitán Calzoncillos! ¡Y a sus amiguetes también!

Muy pronto, no hubo un solo zombi malvado en la escuela que no abandonara la lectura de su ejemplar de *Tumbas de Hoy* para dirigirse al comedor.

—¡Hay que destruir a Calzoncillos!
—repetían—. ¡Hay que destruir a Calzoncillos!

De pronto nuestros tres héroes se encontraron rodeados de zombis malvados. Cada vez se acercaban más y más.

—¡Qué espanto! —chilló Jorge—. ¿Y ahora qué hacemos?

—¡A la Cueva de la Ropa Interior! —gritó el Capitán Calzoncillos.

—¡No hay ninguna Cueva de la Ropa Interior! —dijo Berto.

—¿Ah, no? —se asombró el Capitán Calzoncillos—. Pues entonces subiremos por esa escalerilla.

Jorge, Berto y el Capitán Calzoncillos
se encaramaron a la escalerilla y pronto
llegaron al tejado.

    —Bien —dijo Berto—. Ya estamos a
salvo.

    —Sí, señor —dijo Jorge.

    —No cabe la menor duda —dijo el
Capitán Calzoncillos.

CAPÍTULO 17

CONQUE SÍ ¿EH?

No pasó mucho tiempo antes de que Jorge, Berto y el Capitán Calzoncillos miraran a sus espaldas.

—Eh —dijo Berto—, ¿qué hace ese armatoste con pinta de nave espacial en el tejado de la escuela?

—¿Y de dónde sale ese asqueroso floripondio feroz que crece tan superdiabólicamente? —preguntó el Capitán Calzoncillos.

Jorge y Berto tragaron saliva y se miraron el uno al otro con esa sensación de complicidad y pánico que todos los niños que hayan creado una gigantesca planta mutante en su jardín han experimentado.

—Pu... pues... —tartamudeó Jorge—. No tenemos ni idea de cómo ha ocurrido semejante cosa.

—Sí... Eso —dijo Berto—. ¡Ni la más remota idea!

En ese momento se abrió de golpe la trampilla del tejado y Zorx asomó su pérfida cabeza.

—¡Ya son nuestros! —gritó.

Sin otra escapatoria, nuestros tres héroes treparon por la escalerilla del gran armatoste con pinta de nave espacial y cerraron la escotilla tras de sí.

Dentro de la nave espacial, Jorge, Berto y el Capitán Calzoncillos descubrieron un refrigerador lleno de jugos extraños.

—Miren —dijo Jorge—. Aquí hay un cartón de JUGO ANTI-ZOMBIS MALVADOS. ¡Qué oportuno!

—Y miren esto —dijo Berto—. Un cartón de JUGO HIPERFATÍDICO DE AUTODESTRUCCIÓN INSTANTÁNEA. ¡Esto sí que podría venirnos de primera!

—Pues miren lo que encontré yo —dijo el Capitán Calzoncillos—. Un cartón lleno de TÓNICO SUPERPODERES.

—¡Eh, deme usted eso! —dijo Jorge arrebatándole el cartón de las manos al Capitán Calzoncillos.

CAPÍTULO 18

ESCLAVOS ESPACIALES

De pronto, la escotilla de la nave espacial se abrió y los tres horribles extraterrestres se deslizaron en el interior.

—¡Aléjense del refrigerador! —gritó Jennifer—. ¡Y entren en esa celda para prisioneros!

Jorge y Berto ocultaron los cartones de jugo detrás de sus respectivas espaldas y nuestros tres héroes se metieron rápidamente en la celda en cuestión.

Zorx puso en marcha los motores y la nave espacial se elevó unas decenas de metros hasta quedar inmóvil en el aire, suspendida sobre la escuela.

—Trío de insignificantes terrícolas, están de suerte —dijo Jennifer—. Van a tener el privilegio de presenciar la destrucción de su planeta desde la seguridad de esta celda. ¡Después, tendrán el honor de ser nuestros sumisos esclavos espaciales!

—¡Qué barbaridad! —dijeron Jorge y Berto.

—Rápido, Klax —dijo Jennifer—. Tráeme del refrigerador un cartón de JUGO SUPER-DIABÓLICO CRECECOSAS DE EFECTO INMEDIATO. ¡Vamos a cargarlo en nuestro cañón aspersor y a rociar con él a nuestros zombis malvados!

CAPÍTULO 19
EL SUPERCAMBIAZO

Klax volvió con un cartón de JUGO SUPER-
DIABÓLICO CRECECOSAS DE EFECTO
INMEDIATO y lo puso sobre el panel de control.

—¡Pronto la Tierra será NUESTRA! —gritó
Jennifer.

Y los tres extraterrestres echaron la cabeza
atrás y se pusieron a reír sin parar.

De repente, Jorge tuvo una idea.

Le susurró a Berto algo al oído por espacio de uno o dos segundos y luego, a través de los barrotes de la celda, alcanzó el cartón de JUGO SUPER-DIABÓLICO CRECECOSAS DE EFECTO INMEDIATO que había dejado Klax y se apoderó de él.

Jorge despegó con cuidado la etiqueta del cartón y la pegó en el suyo de JUGO HIPERFATÍDICO DE AUTODESTRUCCIÓN INSTANTÁNEA.

Mientras, Berto metió la mano entre los barrotes e intercambió el rótulo de ROCIADOR por el de COMBUSTIBLE.

Por último, Jorge puso a través de los barrotes
su cartón de JUGO HIPERFATÍDICO DE AUTODES-
TRUCCIÓN INSTANTÁNEA (en el que ahora se
leía JUGO SUPERDIABÓLICO CRECECOSAS DE
EFECTO INMEDIATO) sobre el panel de control.

—No lo entiendo —musitó el Capitán
Calzoncillos—. En el depósito de combustible
ahora dice ROCIADOR y en el cañón aspersor dice
COMBUSTIBLE. Además, han sustituido el jugo
crececosas por jugo autodestructor... ¿Por qué?

—Ya lo sabrá —dijo Berto, taciturno.

Cuando los tres seres del espacio se hartaron de sus risotadas triunfales, Jennifer agarró el cartón que decía JUGO SUPERDIABÓLICO CRECECOSAS DE EFECTO INMEDIATO y lo vació en la boquilla donde decía ROCIADOR.

—Ah, ya entiendo —dijo el Capitán Calzoncillos—. Ese ser no ha puesto jugo crececosas en el cañón aspersor. ¡Lo que ha puesto es jugo autodestructor en el depósito de combustible!

—Pues sí —dijo tristemente Jorge.

—¡¡Y eso significa que este armatoste espacial va a estallar en un millón de añicos!!

—Eso es —afirmó Berto, sombrío.

ROCIA-DOR

La nave espacial se puso a petardear y a dar sacudidas y surgieron espirales de humo de los paneles de control. Enseguida empezaron a saltar chispas por los aires y a desprenderse losetas del techo.

El Capitán Calzoncillos sonrió con orgullo. Acababa de comprender el plan de Jorge, pero la sonrisa no le duró mucho.

—¡Eh! —gritó—. ¡Que en este armatoste espacial ESTAMOS NOSOTROS! ¿Qué nos va a pasar?

—Tenemos que sacrificarnos para que el mundo se salve—explicó Jorge—. Me temo que esta no la contamos.

—¡Pues claro que la contamos! —exclamó el Capitán Calzoncillos—. ¡Los Superpoderes Superelásticos están de nuestra parte!

CAPÍTULO 20
LA GRAN FUGA

El Capitán Calzoncillos se apoderó de un rollo de papel higiénico que había en el inodoro de la celda.

—¡Podemos descolgarnos por el papel y ponernos a salvo! —propuso.

—No es posible descolgarse por un papel higiénico —dijo Berto.

—Pues yo seguro que puedo —dijo el Capitán Calzoncillos—. Precisamente he utilizado ese truco en el último número de mi cuento.

El Capitán Calzoncillos abrió la ventanilla
de la celda y lanzó el rollo de papel higiénico
hasta un árbol alto que había debajo de la
nave.

　　—Vamos, muchachos —dijo—. ¡Fuera de
aquí, antes de que explote este armatoste!

　　—Ese papel higiénico no resistirá —dijo
Jorge—. ¡No es lo bastante fuerte!

　　—Claro que sí —dijo el Capitán
Calzoncillos—. ¡Es de doble espesor!

Jorge y Berto sujetaron al Capitán
Calzoncillos por la capa.

—¡No salte! —gritaron.

Pero el Capitán Calzoncillos no quiso
escucharlos y saltó por la ventana con Jorge y
Berto todavía agarrados a su capa.

—¡UUUAAAAAAAAAHHHHH! —gritaron
mientras se precipitaban hacia el suelo,
y murieron en el acto.

¡PLAFF!

Es broma.

El papel higiénico, naturalmente, no pudo resistir el peso de nuestros tres héroes y, por un momento, pareció que estaban perdidos.

Pero de pronto la capa de poliéster rojo del Capitán Calzoncillos se abrió como un paracaídas: ¡FFFFUUP!

Jorge, Berto y el Guerrero Superelástico bajaron flotando por el aire mientras la nave espacial estallaba sobre sus cabezas.

¡KA-TA-PLAAMM!

—¡Aleluya! —gritó Berto—. ¡No vamos a morir! ¡NO VAMOS A MORIR!

—Bueno... —dijo Jorge—, tal vez sí...

CAPÍTULO 21

EL FATALMENTE FATÍDICO FLORIPONDIO FEROZ

Jorge, Berto y el Capitán Calzoncillos fueron a caer precisamente entre las fauces expectantes del Floripondio Feroz.

—¡Qué pena! —gritó Berto—. Podíamos haber muerto en una explosión espectacular de una nave espacial y resulta que vamos a ser devorados por un floripondio. ¡Qué humillación!

—Desde luego —suspiró Jorge—. La gente va a partirse de risa en nuestros funerales.

El floripondio cerró sus fauces sobre el Capitán Calzoncillos y zarandeó en el aire a Jorge y a Berto como si fueran dos muñecos de trapo. Los dos chicos salieron volando y fueron a caer sobre el tejado de la escuela.

—¡AYÚDENMEEEEeeeeEEEEeeeeEEEEeeeeEEEE! —gritó el Capitán Calzoncillos mientras el floripondio feroz lo agitaba de un lado a otro.

—¿Qué hacemos? —preguntó Berto.

—Tengo una idea —dijo Jorge—. Es mala y sé que luego nos arrepentiremos, pero tenemos que actuar rápido. ¡El futuro de todo el planeta está en nuestras manos!

Y en cuanto el gigantesco y malévolo
floripondio se bamboleó hacia ellos de
nuevo, Jorge vertió una buena dosis de
JUGO TÓNICO CON EXTRA-MEGA-SUPER-
PODERES en la boca abierta de par en par
del Capitán Calzoncillos.

    —¿Qué crees que pasará ahora?
—preguntó Berto.

    —No lo sé —dijo Jorge—, pero sospecho
que nos espera una sesión de máxima
violencia gráfica.

CAPÍTULO 22

CAPÍTULO DE LA MÁXIMA VIOLENCIA GRÁFICA 2ª PARTE (EN FLIPORAMA™)

ADVERTENCIA

El capítulo que sigue contiene escenas gráficas de carácter muy desagradable. Todas las acciones violentas han sido ejecutadas por un doble especialista titulado y una doble planta especialista diplomada.

No intenten luchar con floripondios gigantes en casa, ni aunque se acaben de beber un JUGO TÓNICO CON EXTRA-MEGA-SUPERPODERES.

Semejante conducta podría dar lugar a situaciones de lo más embarazosas.

—Instituto Nacional de Prevención de Situaciones Embarazosas

FLIPORAMA 4

(páginas 119 y 121)

Acuérdense de agitar *sólo* la página 119.
Mientras lo hacen, asegúrense de que
pueden ver la ilustración de
la página 119 y la de la página 121.
Si lo hacen deprisa, las dos
imágenes empezarán a parecer
una sola imagen *animada*.

¡No se olviden de añadir sus propios
efectos sonoros especiales!

AQUÍ MANO IZQUIERDA

¡EL FLORIPONDIO FEROZ ATACA CON FURIA ATROZ!

119

AQUÍ
ÍNDICE
DERECHO

¡EL FLORIPONDIO
FEROZ ATACA CON
FURIA ATROZ!

FLIPORAMA 5

(páginas 123 y 125)

Acuérdense de agitar *sólo* la página 123.
Mientras lo hacen, asegúrense de que
pueden ver la ilustración de
la página 123 y la de la página 125.
Si lo hacen deprisa, las dos
imágenes empezarán a parecer
una sola imagen *animada*.

¡No se olviden de añadir sus propios
efectos sonoros especiales!

AQUÍ MANO IZQUIERDA

¡PATADOTA SUPERELÁSTICA DE RESULTADO FANTÁSTICO!

AQUÍ PULGAR DERECHO

AQUÍ
ÍNDICE
DERECHO

124

¡PATADOTA SUPERELÁSTICA DE RESULTADO FANTÁSTICO!

FLIPORAMA 6

(páginas 127 y 129)

Acuérdense de agitar *sólo* la página 127.
Mientras lo hacen, asegúrense de que
pueden ver la ilustración de
la página 127 y la de la página 129.
Si lo hacen deprisa, las dos
imágenes empezarán a parecer
una sola imagen *animada*.

¡No se olviden de añadir sus propios
efectos sonoros especiales!

AQUÍ MANO IZQUIERDA

¡VIVAN LOS SUPERNUDILLOS
DEL CAPITÁN CALZONCILLOS!

127

AQUÍ
ÍNDICE
DERECHO

¡VIVAN LOS SUPERNUDILLOS DEL CAPITÁN CALZONCILLOS!

CAPÍTULO 23

O SEA, EL CAPÍTULO VIGÉSIMOTERCERO

¡El Capitán Calzoncillos (con ayuda de sus recién adquiridos extra-mega-superpoderes) acababa de derrotar al fatalmente fatídico floripondio feroz! Ya lo único que quedaba por hacer era controlar a los zombis malvados.

—¿Pero CÓMO vamos a dominarlos? —preguntó Jorge— ¿Cómo vamos a conseguir que vuelvan a ser normales?

—Podríamos probar con este JUGO
ANTI-ZOMBIS MALVADOS —dijo Berto.
Jorge puso los ojos en blanco.

—Esperaba que propusieras algo un
poco más emocionante —dijo—, pero se
nos están acabando las páginas, así que
vamos allá.

Berto mezcló el contenido de su cartón de JUGO ANTI-ZOMBIS MALVADOS con un cubo de cerveza sin alcohol y ordenó que toda la escuela se bebiera una jarrita.
Los zombis malvados se pusieron en fila.

—Hay que beber cerveza sin alcohol —gemían—. Hay que beber cerveza sin alcohol.

Cuando el último zombi malvado se hubo
tragado el último sorbo de la pócima de Berto,
Jorge ordenó al Capitán Calzoncillos que se
vistiera de señor Carrasquilla.

—Pero es que, si me visto, perderé mis
superpoderes —dijo el Capitán Calzoncillos—.
El poder de la ropa interior es...

—¡Póngase la ropa ahora mismo, he dicho!
—tronó Jorge.

El Capitán Calzoncillos hizo lo que le
ordenaban y en ese momento Jorge vertió una
jarrita de agua sobre la cabeza del héroe.

—Lo único que podemos hacer ahora es
esperar —dijo Berto—. Esperar y confiar en
que todos vuelvan a la normalidad otra vez.

CAPÍTULO 24
EN RESUMIDAS CUENTAS

Volvieron.

CAPÍTULO 25

¿VUELTA A LA NORMALIDAD?

—¡Hurra! —dijo Berto—. Es estupendo que
todo haya vuelto a la normalidad.

—Pues sí —dijo Jorge—. Estoy de acuerdo.

Pero "vuelta a la normalidad" no era probablemente la expresión más adecuada. Porque, mientras los alumnos y maestros se comportaban otra vez igual que siempre, algo había cambiado definitivamente en el señor Carrasquilla.

Porque, desde aquel día, cada vez que
oye chascar unos dedos...

¡CHASC!

el señor Carrasquilla no sólo se
convierte de nuevo en "ya saben quién",
sino que tiene Extra-Mega-Superpoderes.

Y si ya era difícil para Jorge y Berto
tenerlo controlado antes...

ni se imaginan cómo la pasan ahora.

—¡QUÉ BARBARIDAD! —grita Berto.

—¡YA ESTAMOS OTRA VEZ! —grita Jorge.

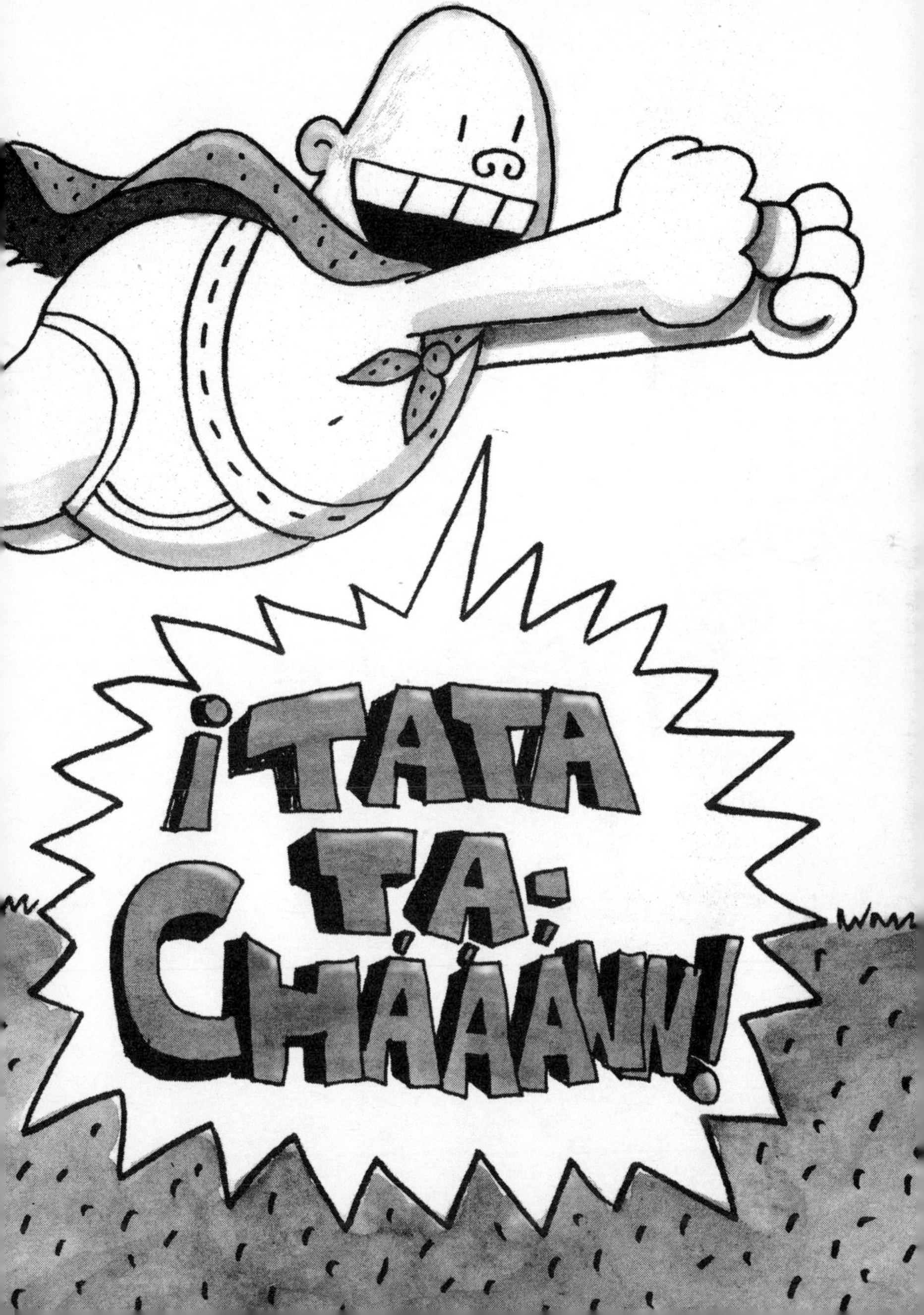
¡TATA TA-CHÁÁÁNN!